Impressum:
C: Verlag Tredition Hamburg
Hannelore Möbus
Für Senioren und andere nette Leute
Oktober 2017
Alle Rechte am Buch liegen bei der Autorin
H. Möbus, Aßlarer Straße 1. 60439 Frankfurt
978-3-7439-7018-2 (Paperback)
978-3-7439-7019-9 (Hardcover)
978-3-7439-7020-5 (e- book)

Für Senioren und andere nette Leute
Ein (Vor)Lesebuch für die reifere Jugend

Inhaltsverzeichnis:

Sei du selbst.
Alle anderen sind bereits vergeben."

Oscar Wild

Vorwort

Dies Büchlein soll Ihnen Spaß und Freude bringen. Vielleicht erinnert es Sie auch an eigene Erlebnisse?!
Es enthält eigene Gedichte und überwiegend selbst erlebte Geschichten.
Meine Vorstellung ist es, dass man es in Senioren Kreisen vorliest. Aber auch als unaufgeregte einfach schöne Bettlektüre auf dem Nachttisch liegen hat, um es hin und wieder zur Hand zu nehmen.

September

Der Sonnenschein ist zwar golden noch, warm ist die Luft und doch...

Da ist ein Wenig von Abschied, ich spür' es mit allen Sinnen; sollte wirklich so zeitig der Herbst beginnen?

Schon um 6 Uhr abends liegt das Tal im Schatten, das Licht flieht höher über die feuchten Matten.

Schade, Melancholie schleicht sich in mein Gemüt, eben hat doch noch alles geblüht!

Ist es wirklich schon vorbei
mit dir, lieber Sommer? Es war doch erst Mai.....

Ein Paar zum Freuen

Es gibt in Bad Orb eine Kostbarkeit, die Fröhlichkeit bei fast allen vorbeigehenden Kurgästen auslöst.

Für mich war das Paar am Weiher schon immer „Onkel Otto und Tante Lieschen". „Nein nein" belehrten mich Gäste, das ist doch „Jakob und Adele". Die Familie von Herrn Smolinka, Leiter des Altenheims „St. Martin" nennt die beiden „Frau Schmidt und Herr Wagner".

Man erzählte mir dieser Tage: „Auch wir haben für die beiden einen Namen „Otto und Ottilie", wieder andere denken, dass das nur „Tante Emilie u. Onkel Alfred" sein können.

Wie auch immer, sie lösen Freude und Heiterkeit aus und regen unser aller Phantasie an.
So sei das auch gewollt, sagte mir eine Dame von der Kurverwaltung, darum gibt es keinen offiziellen Namen.

Die Beiden zeigen uns, wie man sich das zarte Anbandeln in einem Kurort der 20er/ 30erJahre des letzten Jahrhunderts noch vorstellte.

Viele Leute bleiben stehen und schauen, man setzt sich abwechselnd dazu und lässt sich fotografieren. Einige kraulen Onkel Otto den Kopf. In der kalten Jahreszeit hat er einen Schal um, eine Pudelmütze oder einen Hut auf.

Wer auch immer auf diese Einfälle kommt, die Leute schmunzeln und sie freuen sich darüber! Ich denke, gerade weil die Figuren fast lebensgroß sind, können sich die Menschen mit ihnen identifizieren und spielen mit ihnen wie mit Puppen.

Der Künstler, Herr Paschold aus Erfurt, der dieses Werk geschaffen hat, hat die beiden so lebensecht gestaltet, so zum anfassen, dass sie eine echte Bereicherung für den Bad Orber Kurpark sind.

Nur bin ich traurig darüber, dass es keine Ansichtskarte von dieser Attraktion gibt. Warum wurde der Verlag, der die anderen Ansichtskarten auflegt, nie auf dieses Motiv aufmerksam gemacht, eigentlich schade!

Aber sehen Sie selbst.

Fröhliche Damen zu Besuch

Der Tisch ist reichlich gedeckt

für Herrn Hahn und Frau Huhn und all das liebe Federvieh.„ Schau", sagt er, lang nur kräftig zu, „so frisch bekommst Du es so schnell nicht wieder, hörst Du auch auf der Lerche Lieder?

Die Sonne scheint und wärmt uns herrlich das Gefieder. Der Winter ist lang, da können wir von heute nur noch träumen. Wir müssen uns also sputen und nicht versäumen, unsere Mägen anzufüllen, mit all den guten Sachen.

Ich kann dann auf dem Hofe wieder besser wachen und morgens alle rechtzeitig zum Arbeitbeginne wecken, und auch meinen Kopf beim Krähen noch viel höher recken. Du wirst viele gute Eier legen und im Frühjahr deine Küken besser hegen!"

„Ja", sagt Frau Huhn, „lieber Mann, Du hast ja mit allem Recht.

Aber wenn ich jetzt noch mehr esse, wird mir furchtbar schlecht!!"

Meine Erlebnisse auf der Romfahrt

Unsere Fahrt nach Rom mit dem Caritasverband Frankfurt war voller toller Erlebnisse und fantastischer Eindrücke, so dass ich sicher noch einige Zeit brauchen werde, um alles zu verarbeiten.

Was mich ganz besonders beeindruckt hat, sind die antiken Ausgrabungsstätten, die ich schon seit meiner Schulzeit theoretisch und auf Bildern kannte. Diese jedoch in natura zu sehen, war eine ganz eigenartige Erfahrung, vertraut und doch fremdartig, weil die örtliche Atmosphäre hinzukam. Wir sahen u. a. das Forum Romanum, das Kolosseum, das Kapitol, den Palast der römischen Kaiser, von dort kann man direkt auf den Circus Massimo schauen, sowie auf einige Tempel mehr oder minder gut erhalten.

Verwundert war ich darüber, dass viele Tempel einfach zu Kirchen umgebaut worden sind. Ganz hervorragend sieht man das am Pantheon, die Vorhalle der Kirche wird gebildet aus den Säulen des antiken Tempels. Auch die bronzenen Türen des Pantheons sind noch im Original vorhanden.

Ostia ist die verlassene Hafenstadt des antiken Roms, ca. 25 km entfernt, im Tiber Mündungs-delta, der Tiberarm versandete.

Auf einer Fläche von ca. 35 ha hat man einen realistischen Eindruck von dem damaligen Leben.

Die Führerin erzählte uns auch, dass unter der heutigen Stadt Rom noch viel besser erhaltene Gebäude vorhanden sind, mit Fresken und Mosaiken. Doch es stehen ja meistens bewohnte Häuser darauf, so dass man nur an freien Plätzen graben kann. Aus diesem Grund liegt auch die U-Bahn mehr als 100 m tief unter der Erde; einem neuen U-Bahnprojekt kommen, wie man in einem Führer nachlesen kann, „wieder einmal die Funde in die Quere".

Bindeglied zwischen Antike und christlicher Zeit sind für mich die Katakomben, Begräbnis- und Begegnungsstätten der ersten Christen. Sie wurden aus Mangel an Platz mehrere Stockwer-ke tief im Erdreich angelegt.

Wir konnten die **„Catakomba Di S. Domitilla"** besichtigen. Zwar hat uns der dort führende Pater belehrt, dass die Legende von der

„Zufluchtsstätte der verfolgten Christen" nicht stimmt, trotzdem spürt man noch heute die eigenartige Stimmung in dieser Totenstadt.

Das moderne Rom ist laut, voller Abgase und man muss lernen, die Verkehrregeln zu **missachten**, also bei rot und überall über die Straße gehen. Ich habe noch die Stimme unserer Führerin Frau K. im Ohr: **„Eins, zwei drei, Frau Möbus wir gehen, die halten an, glauben Sie mir."** Und sie hielten an!!

Die Stadt ist, und war es sicher auch schon im Altertum, bevölkert mit Menschen aus aller Herren Länder.

Das bringt mich auf mein zweites Thema Armut und Ehrenamt bzw. **Sant' Egidio!**

Wir konnten die Arbeit dieser Vereinigung kennen lernen. Wir durften sogar, nachdem wir an einem Abend informiert worden waren, in zwei Schichten von je zwei Stunden mit helfen, die Menschen, die vorwiegend aus Osteuropa stammen, mit Essen zu versorgen.

D. h., wir durften wie es bei Sant' Egidio heißt, die Gäste bewirten. Alles läuft ab ohne viel Bürokratie, es gibt insgesamt ca. 700 ehrenamtliche Helfer, die an drei Tagen im Wechsel in der Woche ca. 1700 Essen ausgeben.

Am letzten Abend waren wir beim **Caritas Verband Rom**, hier gibt es nicht nur Abend für Abend für ca. 700 Menschen Essen, sondern auch für einen Teil von ihnen Unterkunft.

Der Sozialarbeiter vor Ort berichtete uns, dass auch hier vorwiegend unentgeltlich ehrenamtlich Mitarbeiter und Zivildienstleistende tätig sind. Ihr Leitmotto ist **Hilfe zur Selbsthilfe**, sie wollen versuchen, die Menschen dahin zu bringen, dass sie nicht mehr auf Almosen angewiesen sind, sondern sich selbst weiterhelfen können; sich zu integrieren, wie wir in neudeutsch sagen würden. Da könnte man noch einiges lernen von den Mitarbeitern in Rom.

Der besondere Kleiderbügel

Einige der Kleiderbügel, die in meinem Schrank hängen, können Geschichten erzählen:
Da ist der rot und grün lackierte mit den gelben Punkten, den mein Sohn in der Grundschule gemacht hat. Einige sind aus dem Kleiderschrank meiner Mutter, einer ist behäkelt von mir im Handarbeitsunterricht. Wieder andere dienten früher an der Flurgarderobe meiner Eltern und sind breit und mit Kunststoff überzogen und mit Goldnägeln beschlagen.

Aber einen gibt es, der erinnert mich an eine ganze bestimmte Zeit und einen lieben Menschen aus dieser Zeit. Er ist aus rohem Holz, breit und geschwungen, nur dunkelgelb gebeizt und das ganz Besondere an ihm, mit Tintenstift steht darauf:

„Ostergeschenk für Hannelore", Gruß Uschi.

Vor einigen Jahren habe ich mir noch Notizen darauf gemacht, damit ich Uschi ja nicht vergesse und vor allem, dass der Bügel nicht verloren geht.

Dieses „Ostern" war 1959 in Stuttgart im Kronenhotel und wir waren beide dort beschäftigt.

Uschi war Zimmermädchen, eine liebe Kollegin
aus Mecklenburg, blond, bauäugig, lustig und
immer ansteckend lachend.

Wir waren beide ungefähr gleich alt, 21 Jahre
jung und der Zufall hatte uns zusammen gebracht. Wir „wohnten" mit noch zwei anderen
Kolleginnen in einem Personalzimmer im Keller
des Kronenhotels. Es war trotz Heizung immer
kalt und feucht. Tageslicht kam nur schwach
durch die ca. 2 m tiefen Fensterschächte zum
Berg hin, in das Zimmer.

   Auf dem Grundstück dahinter wurde zu der Zeit
ein Atombunker gebaut, die Lore fuhr auf Schie-
nen direkt vor unserem Fenster ab 6 Uhr früh,
nervend, wenn man erst um 1 Uhr von der
Abendschicht ins Bett gekommen war. Ich war in
der zweiten Stelle nach meiner Lehre, am Büffet
in 10-Stunden-Schichten in einer 6Tage/Wo tätig.
Uschi als Zimmermädchen hatte nur tagsüber
Dienst. Es bedurfte schon einer sehr großen

Toleranz, Rücksichtnahme und gegenseitiger Akzeptanz, zu viert in einem Raum zu leben.

Es gab da noch eine Praktikantin mit 16 Jahren und unsere „Mutti" ca. 45 Jahre alt, eine Dame aus Berlin und mit dem entsprechenden Mutterwitz gesegnet.

Manchmal, wenn wir alle frei hatten, zogen wir vier Weibsen los, in die Stuttgarter Altstadt. Wie ich erfuhr, gibt es **die** in dieser Form heute nicht mehr. Behelfsbauten, niedrige Häuser, nur abends anzusehen, im künstlichen Licht. Ich erinnere mich da an die „Drei Raben, die „Rote Mühle" und den „Hühnerstall".

Unsere „Mutti" passte auf uns auf und verwahrte unser mitgenommenes Geld. Näherte sich uns ein Mann (Uschi und ich waren zu der Zeit schon in festen Händen), vergraulte sie ihn geschickt. Ihre Devise war: „Wir sind gemeinsam gekommen und gehen gemeinsam nach Hause, basta!"

Einmal kauften wir auf dem Nachhauseweg einem Zeitungsmann mehrere Exemplare einer namhaften Stuttgarter Zeitung ab. Die verkauften wir ein paar Straßen weiter an Passanten und dabei haben wir uns kringelig gelacht.

Nach 8 Monaten Arbeit im Kronenhotel wechselte ich im Oktober 1959 in das damals neu eröffnete „ Älteste Gasthaus Stuttgarts" neben dem Rathaus in die „Costima" Betriebe zu für damalige Verhältnisse, tollen Konditionen: 300 DM freies Geld!

Uschi und ich nahmen Abschied von einander und haben uns nie wieder gesehen, oder voneinander gehört. Sie hat sicher in der Nähe von Stuttgart geheiratet und lebt vielleicht noch heute dort.

Ich glaube nicht, dass sie sich noch an mich erinnert und viel weniger an den „Osterkleiderbügel", der mir in diesen Tagen die damalige Zeit und ihre Umstände wieder so lebhaft ins Gedächtnis gerufen hat.

An den Frühling

Ach, wir haben es langsam satt, Handschuh, Mütze und Schal.
Ich frag mich nur, haben wir denn eine andere Wahl?? Ja, wir könnten in den Süden fliegen und dort in der Sonne liegen!!!
Wir würden dann aber nicht die ersten Schneeglöckchen im Kurpark sehen.
Auch blieb uns verborgen, wie die Forsythien ihr leuchtendes Gelb versprühen und an geschützten Stellen die ersten Veilchen blühen.

Wir würden dieses Jahr nicht erleben, wie die Erde im Frühling riecht; so würzig und rein, ach wir lassen die Reise in den Süden deshalb sein. Die Dinge gehen bestimmt ihren Lauf.

Irgendwann, vielleicht bald, klettern die Temperaturen auch wieder rauf. Es ist zwar jedes Jahr das Selbe von den Alpen bis zur Mündung der Elbe. Aber es ist immer wieder wie „Neu", das ist es, worauf ich mich freu'!

Ein Sommertag im Wald

Fantasiereise

Wir sind mit einer Seniorengruppe bei einem mittelalterlichen Städtchen auf eine bewaldete Anhöhe gestiegen.

Die letzten Meter wurden uns schon recht schwer, denn es ist ein heißer, wenn auch prächtiger Sommertag. Aber wir werden reich belohnt.

Oben angekommen drehen wir uns um, und sehen über eine weite Flussebene. In der Ferne glitzert der Fluss mit den auf dem nahen Flugplatz abgestellten Flugzeugen um die Wette.

Langsam gehen wir weiter und gelangen rechterhand zu einer kleinen Kapelle. Auf der Bank davor lassen wir uns kurz nieder und bewundern den weiten Ausblick.

Wie wir erst jetzt entdecken, führt eine steile Treppe aus dem Tal hier herauf, etwas für geübte Wanderer!

Nach einer kurzen Verschnaufpause geht es dann in den Wald hinein. Hohe Kiefern säumen den Weg und spenden eine angenehme Kühle. In der Nähe kann man einen Specht gegen einen Stamm hämmern hören, das ist das einzige laute Geräusch weit und breit.

Nach ca. einem Kilometer sagt einer von uns, eigentlich habe er schon Hunger. Alle stimmen ein. Ich weiß einen geeigneten Platz in der Nähe, hier sind aus rohen Stämmen einige Bänke und Tische gezimmert worden.

Erleichtert nehmen alle Platz und packen ihre mitgebrachten Brote aus. Fehlt nur noch was zu Trinken, da kann ich helfen und deute auf eine Vertiefung im Waldboden ganz in der Nähe.

Es ist eine Quelle dort, wie ich von früheren Wanderungen weiß. Alle haben einen Becher mitgebracht, den wir jetzt mit dem köstlich klaren Quellwasser füllen.

Nachdem sich jeder ausgiebig an Essen und Trinken gestärkt hat, laufen wir wieder zur Quelle hin und lassen das Wasser über unsere Arme und Hände fließen. Einige steigen sogar barfuss in das kleine Bächlein, das von der Quelle aus zum Tal fließt, toll wie das erfrischt.

Weiter geht es auf unserem Höhenweg.

Leise rauschen die Baumwipfel und sie spenden uns Schatten in der Mittagshitze. Das Laufen geht auch wieder leichter, trotzdem, einer nach dem anderen gähnt und läuft bald zunehmend langsamer.

Jetzt wäre ein Mittagsschlaf angesagt. Wir entdecken auf der rechten Seite sehr schnell eine Waldwiese mit kurzem würzig duftendem Gras. Froh lassen sich alle auf den Boden fallen. Unsere Jacken dienen uns als Kopfkissen.

Einige Minuten noch liegen wir mit offenen Augen und bestaunen die Umgebung: Himbeer- und Brombeerbüsche, Walderdbeeren, Baumstümpfe aus denen verschiedene Pilze sprießen, lustig summende Bienen und Hummeln. Das Gras ist dicht und wie ein Polster so weich. Die Beeren verbreiten einen süßen fruchtigen Geruch in der Sonne. Hoch oben in der Luft stehen einige Lerchen, aber es gibt auch ein paar kreisende Raubvögel.

Auf einmal fallen den meisten die Augen zu und es wird ein kurzes Schläfchen gehalten.

Nach einer guten halben Stunde wird einer nach dem anderen wieder munter. Wir recken und strecken uns, um den Kreislauf wieder in Schwung zu bringen und können bald die Wanderung fortsetzen. Es geht jetzt nach der Rast doch beschwingter voran.

Der Wald rechts und links wird immer dichter. Farne haben sich bis an den Weg ausgebreitet. Wir sehen, wie die älteste Pflanze der Welt aus der Erde kommt und aufgerollt ist, bevor sich das so typische gefiederte Blatt entfaltet. Kleine Eichen- und Buchenschösslinge stehen an den Gräben, die den Weg säumen, sie haben sich selber ausgesät im letzten Jahr. Auch winzig kleine Nadelbäumchen sind dabei.

Mit Schauen und Plaudern erreichen wir nach einer Weile eine Wegegabelung.

Ich bedeute den Vordersten, bitte nach rechts! Schon nach wenigen Schritten sehen wir, dass wir uns wieder der Zivilisation nähern, Sportplätze, Schulen und bald auch Schrebergärten säumen den Weg in einen sauberen kleinen Ort. Hier ist eine Bahnstation, 10 Minuten später bringt uns ein lustiges altes Bähnchen wieder unserer Heimat entgegen.

Die Natur hat uns eine wunderbare Ruhe und Entspannung vermittelt. Darum sind sich alle einig, hier waren wir nicht zum letzten Mal.

Ein Kleiner Großer Mann

Im April 2012 war ich mit der Altenerholung Fulda in Bad König. Von dort aus machten wir auch einen Ausflug mit der Odenwaldbahn nach Erbach.

Vor dem Alten Rathaus entdeckte ich **dieses Standbild**, dieser kleine, offensichtlich kurzsichtige Mann rührte mich sehr an. In der Touristik-Information erhielt ich den unten stehenden Text. Es gab aber, wie ich erfuhr, keine Ansichtskarte.

Als ich nach Hause kam, schrieb ich an das Fremdenverkehrsamt und bat um ein Foto. Nach kurzer Zeit schickte man mir das anhängende Bild.

Johann Adam Fleckenstein
Geb. 1849, gest. 1917

Vom Militär als „dauerhaft unbrauchbar" ausgemustert. - Klein von Gestalt, hatte er einen Sehfehler, hat schlecht gehört und auch einen Sprachfehler. Er ist mit der Zimmermannssäge und dem Zimmermannsbeil abgebildet und trägt eine Dienstbotenmütze. Er hat sich trotz seiner geringen Talente einen **Platz in den Herzen der Erbacher erarbeitet.**

Der Volksmund gab ihm den Namen „Räihbott", weil er auch das Wildbret nach den Jagden in die Stadt zurück beförderte. Er holte die Hebammen bei Geburten und erledigte viele Besorgungen. Er ist das Denkmal für den kleinen Mann, dem Denkmal für den großen Mann, Graf Franz I. auf dem Marktplatz gegenüber gestellt.

Schlagfertig

Ein 18 Jahre jüngerer Kollege, der in unserer Firma als etwas gehemmt galt, erledigte u. a. die in allen Abteilungen des Hauses anfallenden größeren Kopieraufträge.

Vor einiger Zeit bat ich ihn, mir von einer Vorlage erst einmal **einen Andruck** zu machen. Ich wollte zwar **Andruck** sagen, sagte aber stattdessen „**Antrag**". Im Handumdrehen lag er auf den Knien vor mir, streckte die Hände in die Luft und rief: „ Ach Hannelore, da warte ich doch schon seit Jahren darauf".

Wir brachen beide dann in ein so großes Gelächter aus, dass mehrere KollegInnen inklusive unseres Abteilungsleiters herbeieilten und sich mit uns freuten, als sie erfuhren, was bei uns so eine Heiterkeit ausgelöst hatte.

Reise in die Vergangenheit

Am 27.08.2010 erfüllte ich mir einen lang gehegten Wunsch:
Eine Fahrt in meine Geburtsstadt Stettin, Stettin ist seit Juli 1945 eine polnische Stadt. Die Grenze, die lange Fahrt und die andere Sprache waren viele Jahre für mich eine Hemmschwelle.

In diesem Sommer hatte ich eine Einladung mit meiner Schwägerin zusammen nach Greifswald zu meinem Cousin und seiner Frau.

Schnell war der Plan fertig, so eine Gelegenheit bietet sich so bald nicht mehr. Wir fahren einen Tag nach Stettin. Von Greifswald aus, das übrigens Partnerstadt zu Stettin ist, war das von der Entfernung her eine Kleinigkeit und **mit dem Mecklenburg-Vorpommern-**Ticket so günstig (€ 28,00 für maximal 5 Personen), wie wir uns das nie erträumt hatten. Die Verbindung geht über Pasewalk, wo wir einmal umsteigen mussten in einen Zug, der die ganze Ostseeküste von Lübeck bis Stettin durchfährt. Es gibt keine Grenze mehr, nichts, auf einmal ist man da und kann noch sämtliche öffentliche Verkehrsmittel in Stettin benutzen.

Leider regnete es in Strömen an diesem Freitag. Vor dem Bahnhof sprach uns ein älterer Mann an, ob er uns helfen könnte.

Wir erklärten ihm, dass wir nach Pogodno, dem früheren Braunsfelde, wollten, die Straßenbahn ist ein Stück weg, also zeigte er uns den Taxistand. Mit dem Taxifahrer verhandelten wir, ob er Euro nehme, er bejahte es. Es ist gar nicht so selbstverständlich mit dem Euro, nicht jeder in Polen nimmt ihn. Ich hatte mich im Vorfeld kundig gemacht, die Straße gefunden und mit „Google – earth" den Wohnblock entdeckt.

5 Häuser auf einem Grundstück mit einer Grünfläche dazwischen und dahinter, das Land meiner Kindheit. So konnte ich dem Taxifahrer sagen, **hier ist es!**

Großes Glück war, dass die Hausnummer noch stimmte, was nicht so sicher war, wie man mir auf der Stadtverwaltung letztes Jahr mitgeteilt hatte.

Dazu muss ich aber noch sagen, dass wir Stettin (meine Mutter, mein Bruder und ich) im Sommer 1943 verlassen haben, ohne zu wissen, dass wir nicht mehr zurückkehren würden.

Wir besuchten in den ersten Ferien meines Bruders das Gut einer Tante in Schlesien und bekamen dort die Nachricht, gleich dort bleiben zu müssen. Alle Familien mit Kindern würden sofort evakuiert. Ein Nachbar übermittelte uns dies und schickte uns einige Sachen nach.

Wir hatten seit 1941 heftige Angriffe gehabt. Ich habe also meine Heimat mit 5 Jahren verlassen und trotzdem habe ich alles wieder gefunden.

Es stand wie eingebrannt in mein Gedächtnis: Unsere Wohnung, die zwei Sandkästen, der Wäschetrockenplatz, der Nussbaum an dem mein Bruder im Herbst die Nüsse zusammen mit unserem Pflichtjahrmädchen gesammelt hat. Die Sandkästen sind leider weg, anscheinend gibt es keine oder nur wenige Kinder dort. Die Häuser waren 1937 für Familien mit Kindern gebaut worden, mit Türdrücker und Etagenheizung. Sie sind bis auf unseres mit Platten gut renoviert.

Bei diesem sieht man noch ein Stück mit den Spuren der Bombenangriffe.

Anschließend suchten wir meine Taufkirche, die Wartburggemeinde, auch hier hatte ich schon im Internet gesehen, dass da eine sehr große katholische moderne Kirche gebaut worden ist. Wunderbar eingebettet in diese Kirche ist unser kleines Kirchlein.
Wir sprachen mit einigen Patres, die sehr freundlich und bereitwillig Auskunft gaben.

Nach einer kurzen Rast in einem kleinen Cafe, wieder die Frage nach dem Euro, wieder Erfolg gehabt, fuhren wir mit einem riesigen Gliederbus in die Innenstadt. Jede von uns kaufte sich zur Erinnerung einen Bernsteinanhänger zu einem sehr günstigen Preis. Ich musste meist Englisch sprechen, Deutsch versteht „noch" nicht jeder.

Endlich nach langer Suche und vielen Fragen, erreichten wir das Schloss, es ist sehr gut renoviert.

Vor der Information entdeckte ich ein bekanntes Gesicht, einen großen schlanken Herrn. Es war der **Schauspieler Günther Schramm mit seiner Frau,** der genau wie ich, das erste Mal nach dem Krieg wieder in Stettin war.

Er erzählte uns, dass er seinem Vater, Arzt in einem Krankenhaus, nach einem Bombenangriff 14jährig, auf der Straße geholfen hat, Verwundete zu versorgen.

Er war sichtlich froh, wie ich auch, seiner Erschütterung Ausdruck verleihen zu können. Nach dem kurzen Gespräch mit ihm und seiner Frau trennten sich unsere Wege wieder.

Meine Schwägerin und ich fanden dann noch einen Taxifahrer, der Deutsch sprach, er hatte in Berlin gearbeitet. Dieser gute Mensch fuhr uns für 12,00 € über eine halbe Stunde durch die Stadt und zeigte uns viele Sehenswürdigkeiten mit den entsprechenden Kommentaren.

Der Zug brachte uns in 1 1/2 Stunden wieder nach Greifswald zurück.

Noch heute bin ich erfüllt von dem Erlebnis und kann es manchmal gar nicht fassen, dass ich wirklich dort war.

Bin nur ein „Cent" ein kleiner,
aber feiner!!
Mein Vetter aus der Familie Mark
hat als „Glückspfennig" dereinst Ruhm
erworben,
leider ist er 2002 verstorben.
Ich werde jedoch nicht ruh´n,
es ihm in Punkto „Glücksbringer"
nachzutun!

Die Hornisse

Als ich vor einigen Tagen bei der großen Hitze
auf dem Balkon saß, schwirrte auf einmal eine
Hornisse vor mir. Ich verhielt mich ganz still und
rührte mich nicht.

Sie suchte etwas, das merkte ich und sie fand
es, denn bald hatte sie sich auf dem Rand eines
Blumentopfuntersetzers gesetzt und saugte
genüsslich das Wasser, das dort noch verblieben
war.

Am nächsten Tag kam sie wieder und stillte
ihren Durst. In der Natur hatte sie wohl kein
Wasser mehr gefunden.

Ich aber freute mich sehr, dass ich die Ruhe
gehabt hatte, das ohne Furcht zu beobachten.

Das Hummelnest

Als ich vor einigen Jahren Ende April von einer Reise kam, entfernte ich erst zu diesem Zeitpunkt die Abdeckung auf meinem Balkon. Ich hatte unter anderem eine Kunstfelldecke dazu benutzt, die früher im Rollstuhl meiner Mutter gelegen hatte.

Als ich nun diese Decke wegnahm und auseinander faltete, entdeckte ich ein Gebilde aus Waben, das ich für ein Nest wilder Bienen hielt.

Ich rief eine Bekannte an, von der ich wusste, dass sie einen Imker kennt. Sie gab mir dessen Telefonnummer hier in Bad Orb. Diesem Herrn erklärte ich, was ich gefunden hatte, er sicherte mir zu, sofort zu kommen, aber ich sollte nichts anfassen.

Als er dann da war, faltete er vorsichtig die Decke auseinander und sagte spontan, das sind keine wilden Bienen, das ist ein Hummelnest. Wenn es Ihnen nichts ausmacht, legen sie es in eine Ecke, so dass eine Einflugschneise entsteht. Lassen Sie die Kinder alle schlüpfen und in ca. 4 - 6 Wochen können sie dann ab-räumen.

Ich platzierte das Bündel so, dass kein Zug rein kommen konnte, aber trotzdem das Ein- und Ausfliegen möglich war und verstopfte alle Ritzen und Spalten mit Zeitungspapier, denn es gab noch einige empfindlich kalte Nächte.

Die nächsten Wochen hatte ich also Gäste, ich war eine „ Hummelmama".

Wenn ich raus auf den Balkon ging, sagte ich öfters: „Na seid ihr noch da"? Dann kam garan-tiert ein Hummelkind angeschwirrt, um mir zu zeigen, dass die Kinderstube noch belegt war. Um ganz sicher zu sein, wartete ich 8 Wochen bevor ich die Decke entfernte. Dann war sie leer.

Der Falter

Am Nachmittag, des 6. 8. 2013 war ein großes Unwetter hier in Bad Orb. Schon morgens entdeckte ich in meinem Korridor einen Falter an der Decke.

Na, dachte ich der spürt, dass da was kommt. Er sitzt noch ganz still da oben, die Gefahr scheint noch nicht vorüber zu sein. Bin sehr gespannt, wann er das Weite sucht, solange gewähre ich ihm Asyl.

Und so ging es weiter!
Irgendwann im November wurde es noch einmal sehr warm. Jeden Tag hatte ich mit „meinem Falter" gesprochen, unbeirrt saß er im Flur an der Wand dicht unter der Decke.

Da bekam ich eines Tages Besuch von einer Nachbarin, wir unterhielten uns einige Zeit sehr angeregt unter dem Ruheplatz des Schmetterlings.

Als die Dame mich verlassen hatte und ich am PC saß, wer flatterte da genau auf die Tastatur?!

Mein Hausgast war aufgewacht, schnell öffnete ich Zimmer- und Balkontür und er verstand und flog nach draußen. Ein kurzer Aufenthalt noch auf dem Balkon, dann war er im Garten verschwunden. Traurig war ich schon, aber ich hoffe, dass er noch einen guten Platz zum Überwintern gefunden hat.

eingescannt

Gedanken zum Erntedankfest 2013

Was bedeutet uns heute in den Zeiten des Überflusses das Erntedankfest. Können wir noch voller Dankbarkeit sein für den Segen, der jedes Jahr auf den Feldern heran wächst?

Meine Vorstellung ist, wenn ich das Wort Erntedankfest höre, das von einem Getreidefeld auf dem zu Puppen aufgestellte Garben stehen. Oder hoch bepackte Erntewagen, die von den Feldern heimkehren. Doch das ist schon lange nicht mehr realistisch!

Heute wird schon auf dem Feld gedroschen. Auch haben wir mittlerweile Verbindungen in alle Welt und können, wenn bei uns mal etwas nicht so gedeiht, sofort aus anderen Ländern Ersatz herbei schaffen.

Trotzdem, auch das ist Segen, der Segen eines fast weltweiten Friedens und der Handelsbeziehungen.

Ich denke, wir sollten _danken,_ dass wir den Zugang zu den Nahrungsmitteln haben und _bitten,_ dass Ländern in denen immer noch große

Hungersnöte herrschen, von unserem Überfluss abgegeben wird. Das heißt, dass die dortigen Machthaber, das was wir gerne spenden, auch den Menschen zugute kommen lassen.
Es ist genug Nahrung da für alle auf der Welt, man muss sie nur richtig verteilen.
„Bitten, dass alle Menschen satt werden"!!

Das sollte das Motto nicht nur für das „Erntedankfest" im Jahr 2013 sein.

Bonifatius

Als ich 1953, zu meinem 15. Geburtstag das
Buch „Die Ahnen" von Gustav Freytag geschenkt
bekam, las ich das erste Mal über Bonifatius den
Missionar der Deutschen.

Er wurde um 673 geboren als Wynfreth in eine
vornehme Familie aus Wessex im Südwesten
Englands und wurde in den Benediktiner
Klöstern Exeter und Nursling bei Southampton
erzogen.

Nach einigen Jahren und Reisen auf das
Festland wurde er Abt im Kloster in Nursling.
Dieses Amt gab er auf, als er 718 England für
immer verließ um auf Pilgerfahrt nach Rom zu
gehen.

719 erhielt er dort von Papst Gregor den Auf-
trag den ungläubigen Völkern das Geheimnis
des Glaubens zu vermitteln.

Der Papst gab ihm den Namen **Bonifatius** und
er begann in Friesland zu missionieren. Da er
aber bei den Friesen nichts ausrichten konnte,
ging er nach Bayern, Thüringen und Hessen.

Er wurde im Jahr 746 Bischof von Mainz und zog in mehreren Missionsreisen über die Wetterau und den Vogelsberg nach Fulda (Gründung eines Klosters). Hier im hohen Vogelsberg auf dem Taufstein ist noch heute die Taufstelle im Boden zu sehen, wo er viele bekehrte Gläubige getauft hat.

Warum Bonifatius dann im Jahre 754 über 80-jährig noch einmal zur Missionierung der Friesen aufbrach, ist unbekannt. Vielleicht weil er dort damals gescheitert war und er wollte wohl nicht aufgeben und die Bekehrung zu Ende führen.

Manche Quellen behaupten, er habe als Märtyrer sterben wollen, das glaube ich aber nicht.

Auf dem Weg zu einer Firmung friesischer Christen wurde er am Morgen des 5. Juni 754 zusammen mit seinen Begleitern bei Dokkum von den Heiden erschlagen.

Man brachte ihn den Rhein runter nach Mainz und von dort aus trat er seine letzte Reise an auf dem Weg, den er viele Jahre gereist war.
Rund um den Norden von Frankfurt, über die

Wetterau und den hohen Vogelsberg, der **Bonifatiusroute**, die noch so heißt, in den **Dom nach Fulda**.

Dort in der Krypta hat er seine letzte Ruhe gefunden.

Da ich Bonifatius und sein Wirken seit meinen Jugendtagen sehr verehrt habe, wir hatten Kirchengeschichte im Religionsunterricht, erklärte ich ihn zu meinem Heiligen, und das obwohl ich evangelisch bin. Ganz besonders aber, da er an meinem Geburtstag gestorben ist.

Februar in Frankfurt 1972

Noch ist die Luft des Morgens frostig klar, erfüllt von Hämmern Quietschen, Hupen, Lärmen.

Doch sind, wie ich bemerkt, schon ein paar Vögel da. Sie kommen einzeln, zaghaft nicht in Schwärmen.

Der Baulärm stört sie anscheinend nicht! Setzt der Presslaufhammer einen Moment lang aus, schmettert so ein kleiner Wicht unbekümmert heiter sein Lied in den Morgen hinaus.

Karneval/ Fasching/ Fastnacht

So heißt die Zeit vor der Fastenzeit je nach Landstrich in Deutschland.

Hintergrund, auf Neudeutsch:

Es wird noch mal so richtig auf den Putz gehauen! Bevor die grauen Fasten Wochen beginnen wird geschlemmt, getanzt, gelacht und Blödsinn gemacht! Das Fest der Narren bedeutet heute noch, dass man sich selbst und die Anderen mal ungestraft so richtig auf den Arm nehmen kann. Das erleben wir ganz besonders in den Fastnachtsumzügen, hier müssen Lokalgrößen und Politiker gewärtig sein, dass all ihre Schwächen und Fehler kommentiert und persifliert werden. Oft werden sie übertrieben dargestellt um aufmerksam darauf zu machen.

Als Kinder gingen wir verkleidet durch die Straßen mit Körbchen und Beuteln, sagten in den Geschäften ein Sprüchlein auf und bekamen etwas für unsere Sammelgefäße.

Seit vielen Jahrzehnten sehen wir im Fernsehen als bekannteste Faschingssendung:

„Mainz wie es singt und lacht". Wer von den Älteren kennt nicht „die Frau Babbich und die Frau Strubbelich", die Gonzbachlerchen, den Ernst Neger, den singenden Dachdecker mit: „Heile. Heile Gänschen, wird bald widder gut, das Kätzchen hat a Schwänzchen".

Die Margit Sponheimer, mit ihrem Lied „Gell du hast mich gelle gern, gelle ich dich aach", hat sie sich in viele Herzen gesungen.

Zum Schluss der Sendung gab und gibt es immer noch „Die Mainzer Hofsänger". Die Sänger dieses Männerchors, so hörte ich neulich, hätten fast alle die Qualität von Opernsängern. In deren Liedern klingt dann schon ganz langsam das Ende der närrischen Zeit an, die Besinnung, eine leise Melancholie.

Ja und dann ist sie da, die Fastenzeit, fromme Katholiken gehen in die Kirche und holen sich ein Aschenkreuz zum Zeichen ihrer Buße und ihres Verzichtens.

An einen unvergessenen Menschen

Es weht mich an, ein Hauch von Glück
Wie war das noch, was sagtest Du?
Was weckte in mir die Erinnerung und den Blick
zurück?

Zwei Herzschläge lang spür`ich Deine Nähe, mir
ist, es klingt verrückt, als wenn ich Dich sähe.
Der Augenblick, er ist vorbei, der Alltag umgibt
mich wieder!

Und doch, Du standest neben mir.
Ein Gedanke war's von Dir, der streifte mich und
ließ Dich neben mir stehen.
Und ich hatte innere Augen und konnte Dich
sehen!

Wunschdenken?

Wer das ganz normale „Mitmenschliche"
selbstverständlich und zur rechten Zeit tut oder
sagt, braucht sich nicht mit einem schlechten
Gewissen zu plagen, geschweige denn, sich
unter Druck zu fühlen.
Voraussetzung ist natürlich, man hat gelernt,
dass man die eigenen Ansprüche und Wünsche
manchmal hinter denen seiner Mitmenschen
zurückstellen sollte.

Am Rande des Evangelischen Kirchentages, 16.6.2001

Protokoll einer Führung durch die Innenstadt von Frankfurt am Main

Mein Bruder Klaus und seine Frau Luise waren aus Nürnberg gekommen und hatten auf dem Wochenendticket noch 3 Bekannte mitgebracht. Schön, dass wir das gemeinsam erleben durften. Um ca.10.45 Uhr trafen wir uns am Hauptbahnhof und fuhren nach der Begrüßung mit der S-Bahn zur Hauptwache.

Hier ging es weiter über den Liebfrauenberg zur Liebfrauenkirche: Innenhof mit Kerzen und Kummerbuch, im Volksmund „Seelenbad Mitte" genannt, Franziskaner mit braunen Kutten, Frühstück für Obdachlose 2 x am Tag.

Nachdem wir dann die Berliner Straße überquert hatten, steuerten wir die Paulskirche an. Außentafeln mit Heuss, Kennedy etc. Innen Deutsche Vergangenheit. Leider konnten wir den Plenarsaal nicht sehen.

Nun ging es zum Römerberg in Richtung Römisches Bad und „Schirn" durch die Saalgasse zum Historischen Museum.

Dann durch den Torbogen zum Caritasverband und Haus Leonhard und in die Leonhards Kirche, älteste Kirche Frankfurts um ca. 1230. (In der Zwischenzeit weiß ich, dass die Justinuskirche in Höchst weitaus älter ist).

Durch einen schmalen Durchlass erreichten wir den Main und überquerten den Eisernen Steg, hier überraschte uns ein Gewitter mit starkem Regen.

Nachdem die Sonne wieder über Frankfurt schien, setzten wir unseren Weg auf dem Mainuferweg fort, an der Insel vorbei.

Hinter der Alten Mainbrücke gingen wir nach oben, überquerten die Straße und waren bald am Kuhhirtenturm (hier hat Hindemith gewohnt) vorbei, nach Alt Sachsenhausen mitten ins „Ebbelweinviertel".

Wir freuten uns an den schönen alten Häuschen und besuchten „die Frau Rauscher." Weiter führte uns unser Weg über den Affentorplatz, Lokalbahnhof Richtung Südbahnhof.

Im Lokal „Bei Heidi" wurden wir, jeder nach seinem Geschmack, bestens versorgt.

Gut gesättigt machten wir uns auf zur S- Bahn-
haltestelle im Südbahnhof und fuhren nun
zur„Taunusanlage". Denn das Nächste Ziel war
der Opernplatz.

Rechts von der Alten Oper war eine „Openair-
anlage" aufgebaut und ein Musikstück mit viel
Getrommel empfing uns.

Anschließend daran hörten wir dort eine
Diskussion über **„die Bemühungen der Frankfurter Wohlfahrtsverbände in besonders ge-
fährdeten verslumten Stadtteilen.**

Die Menschen sollten dort möglichst selbst
Verantwortung übernehmen für ihre eigene
Umgebung und ihre Beziehung zu den Mitmen-
schen. Die Leitung dieser Diskussion hatte
Holger Weinert vom Hessischen Rundfunk.

Es kamen aber nicht nur die „Großkopferten"
zu Wort, sondern auch die betroffenen Bewohner
der Region konnten sich zu den Veränderungen
äußern, die ihnen die Bemühungen der Sozialen
Verbände Frankfurts bisher gebracht hatten. Das
Kontrastprogramm bot uns der Rothschildpark
mit seinen grünen Flächen und alten Bäumen.

Fortsetzen konnten wir diesen Genuss in der vormals „**Bockenheimer Anlage**", jetzt „**Liesl-Christ-Anlage**". Dort an dem Weiher auf der kleinen Mauer nahmen wir Platz und lauschten einem Posaunenchor auf der Wiese.

Das „Nebbiensche Gartenhaus" mit der schönen alten Brunnenanlage und der Ulme mit dem riesig dicken Stamm vermittelte uns einen Eindruck von dem einst beschaulichen Leben im Frankfurt der Goethezeit und davor.

Ein Gang über die Straße und wir befanden uns wieder in der Gegenwart, Schillerstraße und Börse und viele, viele Menschen. Der Bulle und der Bär vor der Börse waren ein Photo wert.

Nach Überquerung der Hauptwache, durch die „Katharinen Pforte", über die Sandgasse, schon standen wir wieder an der Paulskirche und einige von uns konnten nun doch den Plenarsaal sehen. Danach besichtigten wir noch einen der schönen Innenhöfe des „Römers".

Durch die Münzgasse, über den Willy-Brandt-Platz, am Schauspielhaus vorbei ging's nun durch die Münchner Straße und ein Stück Kaiserstraße zum Bahnhof zurück.

Zwei Freunde

Jugendstreiche:

Bei einem der Lese- Nachmittage in St. Martin in
Bad Orb kam die Rede auf die Jugendstreiche,
die wir alle irgendwann einmal gemacht und
auch genossen haben.

Als Frau I. das Abitur bestanden hatte, waren
sie und ihre Freundin überaus erleichtert und
auch sehr übermütig.

Sie betätigten die Glocke für „**Hitze frei**" und
amüsierten sich königlich, als eine Klasse nach
der anderen befreit das Weite suchte.

Die Direktorin rannte noch die Tore zu schließen, um die Schüler vor dem Weggang aufzu-
halten Bis auf eine Klasse hatten es alle ge-
schafft.

Nun wurden die Übeltäter gesucht und recht
bald in den beiden jungen Damen gefunden, die
sich kurz zuvor noch vor Freude über den gelun-
genen Streich, auf den Betten gewälzt hatten.
Da es ein Internat und auch eine strenge
Ordensschule war, die sie besuchten, konnten
sie nicht entrinnen, sondern mussten sich stellen.

Nun sollte den beiden die „Reife", die sie ja mit dem Abitur erworben hatten, aberkannt werden. Sie baten also demütig um Nachsicht und versprachen, sich in Zukunft so zu benehmen, wie sie es nach den strengen Regeln dieser Schule gelernt hatten und konnten so ihr Abiturzeugnis mit ins Leben nehmen.

Meine kleine Geschichte spielt ca. 1952 in dem Ort Tauberzell, da wohnte meine Mitschülerin, Erika, Tochter des Doktors.
Eine andere Freundin und ich waren über das Wochenende dort eingeladen.

Erika lotste uns am Sonntagmorgen in die hinter dem Haus aufsteigenden Weinberge und lud uns ein, sich jeweils hinter einen Weinstock zu setzen und an den Trauben satt zu essen. Wie waren wir erschrocken, als uns ein wütender Mann mit Stock bewaffnet aufscheuchte. Ich saß am weitesten von der hinteren Haustür entfernt und er erwischte mich und schlug mir zornig auf Rücken und Po, dass mir Hören und Sehen verging. Endlich konnte ich mich in Sicherheit bringen.

Wir wagten nicht den Eltern meiner Freundin etwas zu sagen.

Tage später kam Erika in die Schule und brachte ein Körbchen mit Weintrauben als Trostpflaster für mich mit. Der Mann, Feldhüter, hatte zu spät erkannt, dass wir ja die Freundinnen der Tochter des Doktors waren und nicht die Diebe, die immer während des Gottesdienstes die Weinberge plünderten.

Meiner Mutter habe ich diese Geschichte erst erzählt, als ich weit über 40 Jahre alt war.

Zeichnung von Janna Gommelt , meine Großnichte

Abendstille im September

Stimmungsbild aus vergangenen Tagen

Wir sind in der einbrechenden Dämmerung zu einer alten Eiche oberhalb eines kleinen Dorfes gewandert.

Vor dem Baum steht eine verwitterte Bank, hier lassen wir uns etwas außer Atem nieder, der Aufstieg durch die Wiesen und Felder war steil. Wohlweislich haben wir wärmende Jacken mitgenommen, denn es ist schon Spätsommer, langsam wird es kühler.

Der wunderschöne Blick ins Tal belohnt uns für die Mühe des Aufstiegs.

Ein kleiner Ort liegt da unten, Gehöft reiht sich an Gehöft, die Dorfstraße entlang. An vereinzelten Stellen flackert schon Lichtschein auf.

Auf dem Turm der Kirche ist eben die Glocke zur Abendandacht verklungen. Gesangsfetzen erreichen unser Ohr, als ein verspäteter Kirchenbesucher die Tür öffnet.

In der Ferne hören wir einen Hund bellen, ein zweiter an anderer Stelle des Dorfes gibt ihm

Antwort. Und noch andere reihen sich in das abendliche Bellkonzert ein.

Ein Mann ruft etwas, eine Milchkanne klappert, eine Tür fällt zu, wir können uns vorstellen, dass jetzt in dem Stall die Kühe gemolken werden, wir riechen förmlich die würzige warme Stallluft.

Eine Mondsichel ist aufgegangen und je dunkler und samtiger der Himmel wird, umso mehr Sterne können wir sehen. Staunend sitzen wir und lauschen den Geräuschen der Nacht, hier das leise Gezwitscher eines Vogels, der sich im Nest einrichtet, dort ein knackender Zweig. Schnauft da nicht ein Igel?!

Im Tal fährt ein Auto durch das Dorf, den Schein der Lampen können wir noch lange verfolgen.

Ein leiser Wind kommt auf und lässt die Blätter rauschen.

Aus den zum Teil schon umgepflügten Feldern steigt der Geruch der frischen Erde in unsere Nasen. Leise stimmt jemand ein Abendlied an und wir alle schließen uns an. Noch wollen wir etwas sitzen und genießen, ehe wir wieder dem Tal zuwandern in den Alltag hinein.

CARE

Das Carepaket

Nach dem 2. Weltkrieg hatten sich mehrere Hilfsorganisationen Amerikas zusammen geschlossen, um Lebensmittel koordiniert für die hungernden Europäer zu spenden.
So entstand CARE („Cooperative for American Remittances to Europe")
Sie erinnern sich noch an die Carepakete? Wir hatten schon davon gehört, unseres kam überraschend 1947. Wir bekamen es über das Dekanat der Evangelischen Gemeinde.
Ich war 9 Jahre alt und ich weiß noch was drin war:
U. a. Weißes Mehl, getrocknete Aprikosen, gesalzene Butter, Trockenmilch und Trockenei.
Und vielleicht noch ein paar andere Kleinigkeiten sowie Kakao und etwas Kaffee, unschätzbare Dinge in der damaligen Zeit.

Und unsere Mutter machte daraus eine versunkene **Aprikosentorte.**

Es war ein Fest und eben unvergessen!!! Desgleichen bekamen wir auch wunderschöne Kinderkleidung aus der Gemeinde und unsere Mutter bestand dann immer darauf, diese Sachen besonders zu pflegen, damit man sie weitergeben könnte.

Das ist Molly, sie war lange Jahre
die Gefährtin von Ludmilla einer
lieben Mitbewohnerin

Propst Löber, früher evangelischer Pfarrer in Bad Orb

Am Rosenmontag, dem 15. Februar 2010 um 15.00 Uhr berichtete Herr Löber im Martin-Luther-Haus in Bad Orb von seiner neuen Tätigkeit als Propst in Kaliningrad (Königsberg).

Der Saal war bis auf den letzten Platz besetzt. Gerade die ehemaligen Ostpreußen aber auch die Russlanddeutschen, mit denen er schon immer sehr guten Kontakt hatte, waren gespannt auf seine Erlebnisse und Erfahrungen;

Locker erzählte er uns, wie er schon hier in Deutschland Russisch-Unterricht genommen hatte, um sich auf seine Aufgabe vorzubereiten. Was aber, wie er vor Ort erfahren musste, bei weitem nicht ausreichte, um eine Predigt zu halten. Die Dolmetscherin irritiert ihn manchmal, dass er seinen Gedanken nicht zu Ende führen kann. Bekommt er dann grünes Licht, ist dieser verflogen. Also nimmt er vor Ort fleißig weiter Unterricht.

Ein Beispiel des Erlernten gab er uns dann, als er ein Schreiben vorlas, was natürlich nur von Sprachkundigen verstanden wurde. Mit diesen Kenntnissen kann er sich schon recht gut im Alltag bewegen, Straßenschilder lesen und sich mit den Menschen unterhalten etc.

Die Propsteigemeinden sind klein, manchmal haben sie nur 20 – 40 Mitglieder, sie liegen weit auseinander, was einen Reiseweg von bis zu zwei Stunden erforderlich macht. Wo Kirchen vorhanden sind, wird der Gottesdienst, der in der Regel von allen Gemeindemitgliedern besucht wird, dort abgehalten. Oft aber auch in Privatwohnungen, Gemeindehäusern und anderen zur Verfügung gestellten Räumen. Da die Bevölkerung sehr gastfreundlich ist, gibt es hinterher immer ein üppiges Mahl mit Tee (Tschai).

Die Propstei Kirche in Kaliningrad ist ein roter Backsteinbau. Den sehr schön angelegten Garten rings herum pflegt eine Dame aus der Gemeinde. Die Wohnung von Propst Löber liegt in einem Seitentrakt der Kirche.

Die Bilder, die er uns dann über eine vergrö-
ßerte Internetseite zeigte, erzählten viel über das
**Leben in der russischen Exklave zwischen
Polen, Litauen und Weißrussland.**
Ostpreußen war einst ein fruchtbares Ackerland,
das sich selbst ernähren konnte, leider liegen
viele Flächen heute brach und versteppen. Für
Störche ist das ideal, sie haben sich in großer
Zahl angesiedelt. Die Ostseeküste, die Nehrung
ist wunderschön, wir sahen einige Winterauf-
nahmen, teilweise mit Herrn Löbers Hund, (Herr
Putin hat wohl auch so einen Labrador, Propst
Löber wird immer wieder von den Leuten seiner
Umgebung daraufhin angesprochen.)

Das Leben in der Region ist einfach, die
Menschen sind bescheiden, lieb und dankbar für
jede Zuwendung. Was uns auf den Bildern
auffiel, alle sind gut und gepflegt gekleidet.

Es gibt verschiedene soziale Projekte, die die
Kirche aufgebaut hat oder unterstützt, unter
anderen das Straßenkinder-Container-Projekt.
Hier wurden Container zu einer Heimstadt für
Kinder, die zu Hause nicht mehr versorgt werden

können (Eltern Alkoholiker oder im Gefängnis usw.) Sie werden ernährt gekleidet und erzogen, Kinder von draußen kommen hinzu, um an gemeinschaftlichen Unternehmungen teilzunehmen. Es gibt dafür keine Förderung vom Staat. Für dieses Projekt wurde hier in Bad Orb auf der Veranstaltung gesammelt.

Wir sahen ein Altersheim, sauber solide, gut eingerichtet, aber mit unseren Einrichtungen nicht vergleichbar, ein Wohltäter aus Deutschland hat einen Treppenlift gespendet, man sieht auf einem der Bilder, wie der Propst sich nach oben befördern lässt.

Propst Löber ist auch in Kaliningrad bemüht, seine hier in Bad Orb begonnene ökumenische Arbeit fortzusetzen, was in einer Diaspora nicht so leicht ist.

Es gibt sechs verschiedene Glaubensrichtungen: Evangelisch Lutherisch, Russisch Orthodox, Römisch Katholisch, Koptische Kirche, Judentum, Moslems. Gemeinsame Arbeit ist teilweise verwirklicht und wird weiter angestrebt.

Es war bestimmt nicht einfach aus unserem „behüteten Mitteleuropa" in ein sozialistisches Land im Osten zu kommen und dort zu leben und zu arbeiten, unsere Hochachtung hierfür ist groß.

Bad Ober Herbstblätter mit meinem Enkel Elias gesammelt

Was sind das für Sprichwörter?

Wer in einem zerbrechlichen Gebäude sitzt, sollte nicht harte Gegenstände schleudern

Wer die kleine Münze nicht achtet, verdient auch kein großes Geldstück

Man soll nicht mit sehr großen Waffen auf kleine Tiere zielen

Genau wie man in ein großes Baumstück brüllt, kommt der Hall auch wieder raus

Was der kleine Bub nicht begreifen will, kann man einem großen Mann nicht beibringen

Man sollte immer zuerst vor dem eigenen Heim sauber machen.

Die Unwahrheit kommt auf kleinen Gehwerkzeugen daher

Wenn man etwas richtig machen will, braucht es seine Zeit

Es ist besser einen kleinen Gewinn zu machen, als einem großen Unerreichbaren nachzutrauern

Waldfest der Herbstzeitlosen

Mittwoch, 28. Juli 2010

In diesem Jahr feierten die Herbstzeitlosen (Seniorenwohnungsgemeinschaft in Bad Orb) ihr Sommerfest im Wald, das heißt in einem wunderschönen Wiesengrund im Wald. Mitten durch diesen Grund fließt ein verwunschenes Bächlein, der Lämmerbach. Hohe Bäume spenden Schatten, eben einfach Natur pur! Wo man diese Idylle findet? .....

In Biebergemünd-Kassel gibt es die Günthersmühle, ein uraltes Gemäuer, das der „Naturfreundeverein Ortsgruppe Offenbach" in liebevoller Kleinarbeit renoviert hat und durch ständige freiwillige Arbeit weiter erhält.

Auf dem großen Gelände befindet sich nicht nur die ehemalige Mühle, in der Familien und Gruppen in Gemeinschaftsschlafräumen nächtigen können. Es gibt auch einen Campingplatz und ein extra Häuschen mit Sanitäranlagen und eben dieses romantische Tal mit Feuerstelle, das wir für unser Fest genutzt haben.

Dort waren Bänke und Tische aufgestellt. Diesmal hatten wir uns ein Bustaxi geleistet und wurden um 13.00 Uhr von einem Bad Orber Unternehmen in zwei Partien nach der Mühle gebracht und abends um 22.00 Uhr auch wieder abgeholt.

In gewohnter Weise haben sich fast alle wieder an der Verköstigung beteiligt,

Die **Günthersmühle** ist ein Selbstversorgerhaus. Wir brachten uns also selber unsere Verpflegung mit.

Die Salate wurden in der für diesen Zweck bereitgehaltenen Küche im Erdgeschoss in Eisschränken kaltgestellt. Die Kuchen konnten in einem Raum mit Metalltür im Untergeschoss des Hauses, der aber zur Wiese hin zu ebener Erde erreichbar ist, abgestellt werden. Dort war es herrlich kühl, wir gingen später nicht nur zum Kuchen holen dort hin, sondern um der Wärme kurz zu entfliehen.

Die Getränke waren einfach in den Bach zum Kühlen abgestellt worden.

Nach dem Kaffeetrinken wurde die Umgegend erkundet bzw. einige Spiele gemacht, durch den Bach gewatet und natürlich gequatscht, denn der Gesprächsstoff geht uns, so oft wir uns auch treffen, nie aus.

Die Zeit verging wie im Fluge, zumal ja auch die Aufräumarbeiten, sprich abräumen und abwaschen von uns erledigt wurden. Alles ging wieder Hand in Hand. Anschließend wurde zum Abendessen eingedeckt, die Salate in dem erwähnten kühlen Raum aufgestellt und die Weinflaschen aus dem Bach geholt.

Unser Vereinsmitglied, Schriftführer Hans hat uns wieder reichlich mit einem guten Tropfen verwöhnt.

Als Krönung briet er auf dem Grill allerlei Köstliches: Würstchen, Steaks und Hühnerfilets. Auch vegetarische Spieße hatte eine unserer Damen mitgebracht. Selbstgepflückte helle Johannesbeeren in Sahne von unserer Conny bildeten den süßen Abschluss.

Dann wurde zur Gitarre gesungen und Geschichten erzählt, viel gelacht und gescherzt, es wurde kühler, wir holten unsere Jacken.

Plötzlich war es kurz vor 22.00 Uhr, wir konnten es gar nicht glauben. Nun musste leider zusammen geräumt und die Sachen in Richtung Taxi gebracht werden.
Es war ein wunderschöner unvergesslicher Tag.

Für Heiderose

Heideros B. lernte ich in der S-Bahn zwischen Lorsbach und Frankfurt kurz nach der Wende kennen.

Beide fuhren wir jeden Morgen nach Frankfurt, sie war bei der FES als Ingenieurin beschäftigt und ich als Sekretärin im Caritasverband.

Irgendwann kamen wir ins Gespräch und freundeten uns schnell an.
Heiderose kam aus Schwedt in den Neuen Bundesländern. Die Stadt liegt an der Oder zwischen Berlin und meiner Heimatstadt Stettin.

Uns ging der Gesprächsstoff nie aus, hatten wir doch, wie wir immer scherzhaft sagten, die Deutsch/Deutsche Vergangenheit zu bewältigen. Ich lernte viel von ihr, wie das damals „drüben" war und sie war glücklich, dass ich ihr hier helfen konnte vor allem mit dem Behördenkram (Lohnsteuerjahresausgleich etc).

Ich nahm sie mit zu meinem Wanderverein, dem Vogelsberger Höhenclub und sie zeigte mir ihr Hanggrundstück Richtung Eppstein. Eines Abends im August rief sie an, ob ich mit kommen

wollte, oberhalb Flörsheims würde „die FES"
einen Tag der offenen Tür veranstalten. Eine
Nachbarin von ihr, Nina eine Russin, käme auch
mit. *FES = Frankfurter Entsorgungs- und Service GmbH*

Was hatten wir einen Spaß:
Im Mondlicht, riesengroßer Augustmond, fuhren
wir mit einem Jeep über die befestigten
Müllberge und das machte ich, mit meinen damals 65 Jahren, super toll.

Leider wurde die liebe Freundin dann schwer
krank und starb nach vielen vergeblichen
Chemobehandlungen im Jahr 2006, aber sie ist
unvergessen…..

Wie ich die Awa wurde

Im Sommer 2005 nahmen mich meine Schwiegertochter und mein Sohn mit nach Sylt in eine Ferienwohnung.
Natürlich war Elias mein Enkel dabei, damals gute 11/2 Jahre alt.

Die Eltern waren gewöhnt, dass der Kleine stets am quengeln war, wenn sie wegfuhren.

Das war die erste Fahrt ohne diese Störung. Wir beide saßen hinten und ich sang ihm alle Kinder- und Wanderlieder vor, die ich kannte und mein Süßer „dirigierte" und war voll bei der Sache.

Wenn wir genug gesungen hatten, wurde er müde und machte ein Nickerchen.

Wieder wach geworden, hatte dann die Oma schon was zu Essen bereit, der Proviantsack war bei uns hinten.

Dann fing das Ganze wieder von vorn an, so verging die Zeit. Als wir auf den Damm kamen und über das Meer fuhren, entdeckte Elias die Windräder und freute sich daran.

In der Ferienwohnung schliefen wir beide Oma und Enkel in einem Zimmer. Nachts wurde ich bei jedem Piep von ihm wach. Ist er auch gut zugedeckt? Die Mutterinstinkte waren wieder voll da. Am Morgen spielten wir beide mit den Tieren, die dort im Kinderzimmer vorhanden waren. „Goofi sagt, guten morgen Elias" fand er toll!

Wir ließen die Eltern schlafen und gingen alleine nach dem Anziehen zum Frühstücken. Es gab auch ein Hochstühlchen dort und die Oma machte ihm kleine Butterbrothäppchen.

Seine ganze Freude war der Staubsauger, stundenlang wurde gesaugt wie auch schon zu Hause.

Eines Tages fuhr uns der Papa nach Westerland, die Eltern konnten ihre eigenen Wege gehen, Oma und Elias machten sich selbständig.

Wie selbständig merkte ich, als ich den vereinbarten Treffpunkt nicht mehr fand. Über handy fanden wir uns wieder.

Nun lief ich alleine los Schaufenster begucken und Elias blieb bei Mama.

Die Mama setzte ihn ein Schaukelauto vor einem Geschäft in dem sie etwas kaufen wollte.
Das Geschäft war an einer Kreuzung und als ich auf diese Kreuzung zukam, entdeckte mich mein Kleiner und schrie so laut er konnte über die Kreuzung: „**A W A**" sollte wohl Oma heißen.
Ich fragte dann meine Schwiegertochter, sag` mal, hat Elias da mich gerufen, sie „Scheint so!"
…Da war die die Awa geboren und bis auf den heutigen Tag heiße ich so, selbst auf dem Familienchat.
Ich finde es toll, so heißt nicht jeder!!
Und im Dezember 2017 wird Elias 14 Jahre alt!

Tony unser adeliger Hund

Als Tony (Antony von…) in die Familie kam, war er fast noch ein Baby. Meine Schwiegertochter schlief wochenlang in der Nähe seines „Nestchens" damit er sich nicht so fürchtete.

Er wurde von Anfang an gut erzogen und kam auch in den Hundekindergarten.

So wurde er beinahe zum Bruder von Elias. Jetzt ist er gerade 6 Jahre alt und ein sehr feinfühliges höfliches Mitglied der Familie geworden.

Vor einiger Zeit war ich da, als er vom Gassi gehen mit Frauchen nach Hause kam.

Erst begrüßte er mich, indem er mich mit seiner Schnauze leicht anstieß und erst dann meinen Enkel, den er nach Welpenart mit einem hohen Fiepen ansprach. Feine Unterschiede!

Der Vogelsberger Höhenclub

Der VHC hat seine Heimat auf dem Hoherodskopf im hohen Vogelsberg im „Vater Bender Haus".

Bei einer Sternwanderung des Gesamtverbandes dort oben am 31. August 1997 erfuhren wir vom Tode von Lady Di's. Es ging wie ein Lauffeuer durch die Gruppen.

Von 1987 bis 2003 bin ich mit dem VHC Zweigverein Frankfurt gewandert und halte noch heute Kontakt zu dem Vorsitzenden Paar.
Mitglied bin ich allerdings schon seit 1976.
(Nidda, Stockheim/Glauburg).

Mit dem VHC Stockheim Glauburg war ich in den 90er Jahren auf dem Deutschen Wandertag in Schmalkalden.

Wir führten in unserem Laderaum die Nachbildung „des Keltenfürsten vom Glauberg" * aus Pappmaschee mit uns, da der Heimat- und Geschichtsverein sich an der Fahrt beteiligte.

*Der mit den großen Ohren

Der Fürst wurde auch auf dem Zug aller Wander-
vereine Deutschlands durch die Stadt mitgenommen.

In den Folgejahren sind wir kreuz und quer
durch unsere schöne Frankfurter Umgebung mit
Taunus und Rheingau und Maintal und in ganz
Deutschland unterwegs gewesen.
Um nur einige Ziele zu nennen: Schwarzwald,
Spreewald, mit Berlin, Dresden und Cottbus
die Müritz und den Darß, Insel Rügen. Rund um
den Schottener Stausee u. u. u.

Die alle 4 Wochen stattfindenden Touren in die
Umgebung waren immer ca. 14 km lang mit Mit-
tagessen dazwischen.

Jedes Mitglied konnte die Gruppe anführen,
natürlich nach einer gut informierten Erkund-
ungstour.

2003 wurde der Zweigverein wegen Überalte-
rung geschlossen, wir waren alle sehr traurig.
Die letzte große Wanderung führte von Frankfurt-
Fechenheim nach Hanau.

Schade, dass es vorbei ist. Aber leider gab es keinen Nachwuchs mehr für den Verein, nur wir „Alten" laufen noch zu Fuß.

Unsere Erinnerung an schöne Wanderungen und Ziele gibt uns, die wir auf Schusters Rappen unterwegs waren, Recht. Und der Spruch von Goethe bestätigt es:

Nur wo du zu Fuß warst, bist du wirklich gewesen!

Danke an unsere Wanderführer Frau Berner und Herr Burghardt

Am Flughafen Berlin Tempelhof und am ehemaligen Militärflughafen in Frankfurt finden wir zweimal das gleiche Denkmal, nämlich die so von den Berlinern getaufte **„Hungerkralle"**. Eine leicht gebogene Betonwand mit drei angefangenen Bögen, die in die Luft ragen und den Startweg von Flugzeugen symbolisieren sollen. Was es damit auf sich hat, erklärt die folgende Geschichte über:

Ernst Reuter

Berlin war nach dem 2. Weltkrieg genau wie ganz Deutschland in vier Besatzungszonen unterteilt. Die 3 westlichen, der amerikanische, englische und der französische Sektor bildeten „Westberlin" und der sowjetische Sektor war „Ostberlin".

Die wirtschaftliche Versorgung von Westberlin war nur möglich, in dem man durch die russische Zone fuhr.

Um zu diesen Status abzustellen, die Sowjetunion wollte ganz Berlin verwalten, wurden die Versorgungswege aus Westdeutschland dicht gemacht. **Blockade!**

Zu dieser Zeit war **Ernst Reuter** Bürgermeister von Westberlin, ein Sozialdemokrat, ein sehr mutiger Mann.

 Die Blockade bewirkte, dass etwa 2,1 Millionen Westberliner hätten hungern müssen, wenn nicht etwas geschehen würde. Ernst Reuter bat die Alliierten etwas zu unternehmen.

 Diese reagierten schnell und ab dem 28. Juni 1948 wurde die so genannte Luftbrücke organisiert.

 D.h. Die Flugzeuge flogen jeweils von Frankfurt und Hamburg aus alle 3 Minuten mit 500 m Abstand in fünf Ebenen auf den beiden äußeren der Luftkorridore nach Berlin.
(Tempelhof, Tegel, Gatow)

 Der Rückflug von beiden Linien war im Einbahnverkehr auf dem Mittelkorridor Richtung Hannover eingerichtet.

 Die Repressalien und Behinderungen aus dem Osten gingen jedoch weiter. Dies veranlasste Ernst Reuter, am 9. September 1948, seine berühmte Rede zu halten.

 In dieser Rede rief er die Völker der Welt auf, auf diese Stadt zu schauen und die Stadt und

ihre Bewohner nicht preis zu geben an den Osten. (Kann in <u>You Tube</u> angehört werden)! Zehntausende Berliner hatten diesen Aufruf vor dem Reichstag unterstützt.

Auf der Luftbrücke brachten vom 28.Juni 1948 bis September 1949 die „Rosinenbomber" nicht nur Lebensmittel sondern auch Steinkohle, Braunkohle, Koks, Frischwasser, Diesel, Abwasserpumpen, Motoröl, Benzin und vor allem Medikamente nach den genannten Flughäfen.

Dort warteten auch schon in Scharen die Kinder, die sich auf die Süßigkeiten freuten, die die Piloten ihnen mitbrachten und manchmal schon mit kleinen Fallschirmen abwarfen.

Kurz nach Mitternacht vom 11.auf den 12. Mai 1949 bekamen die Westsektoren wieder Strom und kurz danach stellten die Sowjets die gesamte Blockade der Verkehrswege zu Land und zu Wasser ein.

Die Luftbrücke wurde aber offiziell erst am **30. September 1949** beendet.

Der letzte so genannte „Rosinenbomber" landete mit 10 Tonnen Kohle an Bord.

Zwei Welten

von Carl August Stephan (1944)
Mein Urgroßvater 1860-1945

Als Friedrich der Große vom Schlesierland
nach glorreichem Sieg sich zur Heimat gewandt,
da schmückten die Bürger der Hautstadt Berlin
die Tore und Häuser mit Tannengrün.
Manch einer steckte ein Fähnchen heraus.
Schwarzweiß, bescheiden, sah freundliche aus.
Man plante einen gar frohen Empfang,
mit festlichen Reden, Musik und Gesang.
Auch einige Böller waren zu sehen.
Die sollten die festliche Stimmung erhöhen.
Als vor dem Tore der König das hört,
da machte er schleunigst um und kehrt.
Fährt nach Charlottenburg hinaus,
wo in der Kapelle Orgel Gebraus.
Setzt in das Gestühl sich still und stumm,
zu hören ein festlich Präludium.
Und als er mit Andacht den Tönen gelauscht,
die oben vom Chore sind langsam verrauscht, da
tritt der König im Herzen erbaut, in Gottes freie

82

Natur und schaut mit dankbarem Blick zum
Himmelszelt.
Und fährt nach Potsdam in seine Welt.

**Gartensaal Schloß Potsdam, mein Bild aus
dem Besitz meines Urgroßvaters**

Als Adolf Hitler vom Frankenland (Frankreich)
Nach kurzem Kampf sich zur Heimat gewandt,
da wurde, wie es sich auch gebührt,
die Reklametrommel eifrig gerührt.
Die Straßen wurden prächtig geschmückt,
Gewänder und Blumen wohin man blickt.
Dazu ein riesiger Fahnenwald
blutrot die Farben in jeder Gestalt.

Der Fahrweg wurde mit Blumen bestreut,
so weit war alles zum Empfang bereit.
Die braunen Trabanten waren aufmarschiert,
in mehrfachen Reihen, von Bonzen geführt.
Dahinter drängt sich des Volkes gewaltige Schar,
trotzdem nicht sehr viel zu sehen war.
Jetzt ein Gemurmel, es wird zum Schrei.
Da schiebt sich die Autokolonne vorbei,
in mitten der Wagen, von allen beschützt,
Der Führer in seinem Auto sitzt.
Doch nein, er steht, der gewaltige Mann,
als wollte er sagen: Seht mich einmal an!
Einen solchen Mann saht ihr noch nie,
denn ich bin das denkbar größte Genie!
So geht der Triumphzug mit wüstem Geschrei
bis hin zur prächtigen Reichskanzlei.
Wo auf dem Wilhelmsplatz, der geräumt,
das Volk in Massen sich drängt und bäumt.
Im Torweg aber stehen der Joseph und der Ley,
die Väter dieser gewaltigen „Rummelei".
Der Führer schüttelt ihnen die Hand und lacht:
Das habt ihr beide vorzüglich gemacht!
Sprach's und verschwand, ganz auf sich gestellt.
In seine politisch zerstörte Welt

Eine Liebeserklärung
1965 von unserem Vater geschrieben

Fast 30 Jahre ist es jetzt her, als wir den Bund
fürs Leben schlossen. Wir gingen durch eine teils
böse Zeit. Nennen 3 gesunde Kinder unser eigen
und haben dem Leben immer die beste Seite ab
gewonnen.

Ab dem Jahre 1932 wohnte ich mit meinen
Eltern in einer kleinen Stadt. Wir hatten ein
Sägewerk und Baugeschäft und waren im
deutschen Osten sehr zufrieden.

Das kleine Städtchen liegt zwischen zwei
entzückenden Seen in einem großen Waldgebiet. So recht dazu angetan zu schwärmen für
einen jungen tatendurstigen Mann. Das richtige
Gebiet , sich unter den Töchtern des Landes
umzusehen.

Ich war damals 23 und hatte allen Grund
anzunehmen, dass sich mein Leben stets
aufwärts bewegen und zu Erfolg in jeder
Beziehung führen würde.

Natürlich wurde von mir keine Gelegenheit ausgelassen, um am geselligen Leben unseres Städtchens teilzunehmen.

Mein Fahrrad, Autos waren damals ja noch Luxus, trug mich auch in die Umgebung zu mannigfachen Veranstaltungen.

Aber das richtige Mädchen fand sich nicht unter den gewiss nicht wenigen, die es vielleicht nicht ungern gesehen hätten, von mir geheiratet zu werden.

Ich erwähnte schon, dass wir mitten in einem großen Waldgebiet wohnten. Dieser herrliche Kiefernwald wurde von Förstereien verwaltet und gepflegt, die mitten im Walde lagen.

Da ich schon immer ein romantischer Jüngling war, suchte ich diese auch öfters auf und verlebte dort manch schöne Stunde meiner Jugend.

Anlässlich eines Geburtstages kam ich auch in das Haus des Försters D. und hier an diesem Tage sollte sich mein Schicksal erfüllen.

Eine Nichte des Försters war zu Besuch und kaum sehen, war es um mich geschehen. Ich wusste sofort, die oder keine.

Es wurde ein lustiger und fröhlicher Abend.
Damals gab es kaum Radio oder gar Fernsehen,
wir feierten mit Gesellschaftsspielen, Gesang
und Tanz. Nach diesem Abend wusste ich es
natürlich immer wieder einzurichten, dass ich in
die Nähe des angebeteten Wesens kam, ohne
dass sie es merkte.

Plötzlich hatte ich dauernd in der Försterei
geschäftlich zu tun. So kamen wir uns schnell
näher.

Sommer und die schöne Natur, in der man
damals stundenlang ohne Gefahr wandern
konnte, taten das ihrige dazu.

Und nun sind wir zusammen älter und reifer
geworden, gerne erinnern wir uns an jene Zeit.

Ach, schöne alte Zeit, wie bist du so weit!

Mein schönstes Weihnachtsfest

Nach Ankunft in Leutershausen am 20.Dezember 1945 konnten wir zwei Zimmer unter dem Dach mit einem großen Trockenboden dazwischen, beziehen. Das Schlafzimmer war ohne Heizung die Wände glitzerten von Eis. Der Wohnraum wurde mit einem Kanonenofen beheizt, die Toilette war ein Stockwerk tiefer in einer anderen Wohnung. Am 24. Dezember, nach dem Gottesdienst in der evangelischen Kirche sollten wir zu Hause beschert werden, meine Mutter hatte schon im Osten einige Kleinigkeiten für uns besorgt.

Da ließ uns schweres Poltern aufhorchen, die Tür flog auf und ein vermummter Weihnachtsmann trat ins Zimmer. (Es war wie die Erwachsenen gleich erkannten, der Chef meines Vaters). Er hatte zwei Jutesäcke dabei, die er mit gehörigem Schwung leerte, dass alles nur so über den Boden sprang. Wie staunten wir über die „Schätze", Töpfe, eine Pfanne, Kochlöffel und andere Haushalts-Gegenstände kamen zum

Vorschein, unschätzbare Werte für Leute ohne „Alles".

Aber auch wir Kinder kamen nicht zu kurz, Äpfel, Nüsse, Plätzchen und einige gebrauchte Spielsachen waren in dem zweiten Sack gewesen. Die Überraschung war perfekt. Aus heutiger Sicht denke ich, schön, dass es solche Menschen gab, die wussten wo es fehlte und mit anderen ihre Habe teilten. Ich glaube, es war nie wieder so Weihnachten für mich, wie an diesem Heiligabend 1945.

Als die Glocken zum Spätgottesdienst läuteten, merkten wir, dass wir endlich „Frieden hatten", es keine Bombenangriffe mehr gab, keine Wander-schaft, keine Angst, keine Fragen, wo wir heute schlafen sollen:

Wir waren zu Hause angekommen.

Das ist die Frauenkirche, wie sie einmal war vor
der Zerstörung, als Scherenschnitt. Das Bild
stammt aus dem Nachlass meiner Großmutter.
Es hängt jetzt bei mir an der Wand.

Gefiederte Gäste

Im letzten Winter fing ich an auf meinem Balkon die Vögel zu füttern, Haferflocken und Rosinen

Es kamen hauptsächlich Amseln bis ins Frühjahr hinein.

Die Näpfe wurden immer schneller leer, schon mittags musste ich nachfüllen. Na ja, dachte ich, die werden brüten und dann, sie müssen die Jungen füttern. Eigentlich hätte ich schon längst aufhören müssen, aber man erzählte mir, dass die Vögel durch die vielen Pestizide nicht mehr ausreichend geeignete Nahrung finden würden. Also füllte ich weiter die Näpfe. Der Bedarf wurde aber immer größer. Abwechselnd kamen das Weibchen und der Amselvater bis er eines Tages mit zwei Jungen erschien und ihnen hier vor Ort die Schnäbel füllte.

Ich schaute genauer hin, und wunderte mich, die Jungen sind ja größer als die Eltern, schaute noch genauer und entdeckte, dass die guten Vögel zwei Kuckuckskinder groß gezogen hatten, deshalb der Appetit.

Den nächsten Tag kam das eine Kuckucksjunge mit dem Vater im Schlepptau.

Inzwischen hatten sie mir aber die Näpfe runter geworfen und ich hatte alles abgeräumt. Vorwurfsvoll drehte sich der junge Kuckuck zu seinem Ziehvater um, da ist ja gar nichts mehr! Also flogen sie weiter.

Wieder einen Tag später kam der Amselvater, baute sich hinter meinen Blumenkästen auf, richtete sich hoch auf und schimpfte mich gründlich aus. Da musste ich aber doch herzlich lachen.

Ich nehme an, mit beginnender Wintersaison werden sie sicher wieder gerne zu meinem Futterplatz kommen.

Inzwischen ist Saison für kleine Vögel wie Meisen, Spatzen und Rotkehlchen, die täglich ein paar Mal gerne zu mir zum Trinken und Baden kommen.

Was mir dabei auffiel, die Vögel drängeln nie. Wenn einer am Trinknapf ist, warten sie geduldig bis der fertig ist und kommen dann erst näher, gute Erziehung.

Als sich mein Sohn neulich wunderte über den regen Betrieb, sagte ich ihm, dass es sich ganz sicher in der Vogelwelt herum gesprochen hat: Fliegen wir mal zur Möbus „einen Trinken"!

Als die ersten Trabis nach Frankfurt kamen

An einem Sonntag, im Oktober1989 hatte ich Dienst und arbeitete bis ca. 16.00 Uhr in der Kommunität der Jesuiten in der Elsheimer Straße in Frankfurt.

Um nach Haus zu gelangen in den Unter Weg an der Eschenheimer Anlage, lief ich den Gärtner Weg entlang und kreuzte die Straße „ Im Trutz Frankfurt". Aber hier kam ich nicht weiter, die ganze Straße Trabi an Trabi im Schritt – Tempo. Hinter den Scheiben glückliche Gesichter und Winken, Winken und lachende Zurufe !! Sie waren endlich dem Käfig entronnen. Natürlich winkte ich zurück, ich war so aufgewühlt, dass ich spontan in Tränen ausbrach. Leise flüsterte ich, „das hätte unser Vater erleben müssen". Mein Vater war 1968 gestorben.

40 Jahre Deutschland getrennt....! Für mich war das Kommen dieser Menschen aus der „Noch - DDR" ein wunderbares Ereignis und ich war mir bewusst, hier wird gerade **„Geschichte"** **geschrieben!**

Das kleine Mädchen von Lorsbach

Vor einigen Jahren war ich zum einkaufen im „HL" in Hofheim Lorsbach am Taunus.

Vor mir her lief sehr geschäftig ein kleines Mädchen circa 4 Jahre alt, süß mit Nickelbrille mit kleinem Einkaufswagen, in den sie einiges lud. Wir kamen an einen Gang, in dem nur Kartons standen, aber auch ein Einkaufwagen mit einem „Maxi Cosy" und da lag ein kleines Baby-Mädchen drin, man sah es an der rosa Kleidung. „Na", sagte ich zu der kleinen Einkäuferin, „ist das dein Schwesterchen"?

„Die gehört meiner Mama" kam es barsch und bestimmt zurück, mit einer Stimme der man eine gewisse Bitterkeit anhörte.

Sprach es und schob geschäftig ihren Einkaufswagen weiter mit einer Miene: Ich muss ja jetzt für alles sorgen!

Das erinnerte mich daran, dass ich auch mit 31/2 ein Schwesterchen bekommen hatte und furchtbar eifersüchtig war. Nicht mehr die Kleine zu sein, war schlimm.

Ich wäre ja jetzt schon so groß und vernünftig sagte meine Mutter.
Als ich 6 Jahre später einen kleinen Bruder bekam, war ich als große Schwester mit viel Freude zeitweise die „Ersatzmama"!

eigene Zeichnung

Bethel

1949, mit 11 Jahren hörte ich das erste Mal von Bethel. Damals besuchte ich die Oberschule in Ansbach und wohnte die Woche über bei einer Frau Pfarrer, die in Bethel groß geworden war. Ihr Vater war Diakon in den Bodelschschwing-schen Anstalten gewesen.

Mein Wunsch diese Einrichtungen einmal zu besuchen, ging im Herbst 1984 in Erfüllung. Von Bad Meinberg aus, wo ich eine BFA-Kur machen konnte, fuhr uns ein Kurkamerad dort hin.

Der Leiter Anstalt hatte ein kleines Programm zusammengestellt. Nach einem Film über den Gründer konnten wir verschiedene Projekte besichtigen. Am Meisten beeindruckte mich die Poststelle, wir wissen alle, dass man u. a. nach Bethel Briefmarken schicken kann. An den Tischen dort sitzen behinderte Menschen, die mit Hilfe von Setzkästen Sortimente für den Verkauf vorbereiten.

Ich hätte jedoch nie gedacht, dass man damit solche Gewinne erzielen kann, dass man davon eine Mission in Afrika unterhalten kann. Aber genau das macht man in Bethel.

In Erinnerung ist mir noch die Weberei, hier werden auf riesengroßen Webstühlen Stoffe gewebt und zwar aus den Resten von Altkleidern, die man nicht mehr aufbereiten kann.

Der leitende Diakon erzählte uns noch, dass auch ein Medizinischer Universitätszweig entstanden ist, wo insbesondere Epileptiker operiert und nachbehandelt werden.

Jahre später erfuhr ich von einem Kollegen im Caritasverband Frankfurt persönlich, dass er dort so geheilt werden konnte, dass er nach einiger Zeit wieder seine Arbeit aufnehmen konnte.

Die Linde von Eschersheim

An der Eschersheimer Landstraße hier in Frankfurt steht eine Linde, die schon ca. 320 Jahre alt ist und einer U-Bahnhaltestelle ihren Namen gibt.

Sie ist ein Naturdenkmal, ca. 25 Meter hoch und hat einen Stammumfang von 5 Metern.

In den fünfziger bis siebziger Jahren des 20.Jahrhunderts wurde sie baumchirurgisch behandelt.

Die U-Bahnstrecke macht dort extra einen kleinen Bogen. Sie bekommt ständig künstliche Belüftung, hat eine Drainage und wird laufend bewässert.

Es ist also eine sehr behütete und verwöhnte Lady, die ohne diese Bemühungen wahrscheinlich nicht mehr so toll aussehen würde.

Wenn ich vorbei gehe oder fahre stelle ich mir oft vor, was diese Linde schon alles gesehen und erlebt hat. Da sie vor einer Schule steht, sind schon ganze Heerscharen von Kindern unter ihr hinweg gegangen. Die U - Bahn fährt hier oberirdisch und in den letzten 60 Jahren haben sie unendlich viele Autos stadtauswärts passiert. Die ersten Jahre ihres Lebens (um 1700 rum geboren) waren geprägt von Postkutschen und Handkarren. Damals stand sie an der Straße zu dem kleinen selbstständigen Ort Eschersheim.

Sonntags pilgerte man aus der Stadt an ihr vorbei, zu den Gastwirtschaften und Garten-lokalen in den kleinen Vordertaunus Orten.
So mag denn auch die Familie des Rat Goethe diesen Weg in einer Kutsche genommen haben.

Vielleicht sind auch Napoleons Soldaten hier
entlang gezogen. Ganz gewiss aber auch
„die Braunen mit den Roten Fahnen".

Sie hat die Sirenen gehört und die veräng-
stigten Menschen gesehen, die vor den Bomben
aus der Stadt geflohen sind.
Und sie steht immer noch! Ein Geschenk der
Natur an uns Nachgeborene.

Die Band „Teenager Spätlese"

Jeden ersten Freitag im Monat ab 17 Uhr geht es im Begegnungszentrum Frankfurt Heddernheim hoch her. Hier treffen sich alle, die gerne schöne Volkslieder und alte Schlager singen möchten. Sicher begleitet werden wir von einer **Dame und drei Herren im reifen Teenageralter,** die versuchen, fast alle Musikwünsche möglich zu machen, (Akkordeon, Klavier und Gitarre). Jeder Gast bekommt einen Ordner, in dem die Titel nummeriert aufgeführt sind. Wir können uns die Lieder wünschen. Auf einer Tafel wird uns an-gezeigt, was als nächstes gesungen wird und dann ….. schmettern wir los, nach Herzenslust, mit großer Freude und viel Temperament.

Erinnerungen an unsere Jugend und Ereignisse aus dieser Zeit werden wach. Wann und bei welcher Gelegenheit habe ich dieses Lied gelernt und den Schlager zum ersten Mal gehört? Wer hat ihn damals gesungen? Wir sehen die Interpreten vor uns und freuen uns an der Aussagekräftigkeit der damaligen Schlager, sie erzählen Geschichten, sie sind melodiös und tun gut. In der Halbzeit gegen 18.00 Uhr gibt es einen kleinen Imbiss, den unsere lieben Damen in der Küche vorbereitet haben.

Frisch gestärkt geht es dann weiter bis 19 Uhr. Mit großer Freude singen wir zum Schluss: **Ein schöner Tag ward uns beschert…..** Und fühlen uns danach wie neugeboren, wir haben allen Ballast des Alltags abgeworfen und uns durch das Singen seelisch befreit.

Danke an unsere Leiterin, die das möglich gemacht hat.

Wenn Ihnen meine Geschichten gefallen haben, freue ich mich

über Ihre Rückmeldungen!

Ihre Hannelore Möbus

Frankfurt im Herbst 2017

Zeitfracht Medien GmbH
Ferdinand-Jühlke-Straße 7
99095 Erfurt, Deutschland
produktsicherheit@kolibri360.de